보고詩프다

보고詩프다

1판 1쇄 발행 2022년 11월 28일

지은이 손병도

편집 유별리   마케팅 박가영   총괄 신선미

펴낸곳 (주)하움출판사   펴낸이 문현광

이메일 haum1000@naver.com   홈페이지 haum.kr
블로그 blog.naver.com/haum1007   인스타 @haum1007

ISBN 979-11-6440-245-8 (03810)

보고 詩프다

青蘿 손 병 도 詩集

목차

- C.T 촬영　　6
- 가는 세월　　7
- 가로등　　8
- 가을　　9
- 가지가지 한다　　10
- 갈대의 침묵　　11
- 개망초　　12
- 개미들이여!　　13
- 겡상도 콩나물　　14
- 고 스톱　　16
- 고독에게　　17
- 고드름　　18
- 그 소리들　　19
- 그래도 그때가　　20
- 그런 날이 있습니다　　21
- 그리움　　22
- 그쵸?　　23
- 기막힌 핑계　　24
- 기억의 이유　　25
- 길 떠나는 영혼이여!　　26
- 까치밥 홍시　　27
- 깨진 두레박　　28
- 나는 다 들리지　　29
- 나는 호박이다　　30
- 나의 시는　　31
- 나이　　32
- 내 이름에 대한 소고(小考)　　33
- 너 먼저가　　34
- 네비게이션　　35
- 누구냐　　36
- 눈　　38
- 눈 사 람　　40
- 능금이 익어갈 무렵　　41
- 늙은 등대　　42
- 달맞이꽃　　43
- 달집태우기　　44
- 당신은　　45
- 당신이었으면 좋겠습니다　　46
- 덩굴장미 다섯 송이　　47
- 둠벙논 왕잠자리　　48
- 따뜻한 겨울나기　　49
- 때　　50
- 뜨개질　　51
- 로또　　52
- 마지막 일몰　　53
- 마침표　　54
- 메뉴판　　55
- 명량(鳴梁) 장보기　　56
- 몰래한 사랑　　57
- 못난이 꽃　　58
- 무인 차단 정산기　　59
- 무임승차 라떼　　60
- 물거품　　61
- 미련　　62
- 바가지　　63
- 바다　　64
- 바람에게　　65
- 별호(別號)　　66
- 백미러　　68
- 보고 싶을 땐　　69
- 보리 개떡　　70
- 보리밥　　71
- 봄이여!　　72
- 봄의 고백　　74
- 부산 머스마　　75
- 부채, 바람 피우다　　76
- 비누　　77
- 비빔냉면　　78
- 비 오는 날의 수채화　　79
- 빛과 그림자　　80

• 빨간 우체통　81
• 빨간 장미　82
• 사랑 그거　83
• 사랑은　84
• 사랑하지 마십시오　85
• 삼강주막　86
• 석류꽃　87
• 성찰　88
• 선 풍 기　89
• 세월　90
• 수박이 익던 날　91
• 수선화　92
• 숟가락　93
• 아름다운 꽃　94
• 아름답게 늙어 간다는 것　95
• 아버지와 아들　96
• 아버지의 면허증　97
• 아이스크림에게　98
• 안개도시　99
• 어머니의 강　100
• 어머니의 기도　102
• 어리석은 지구　104
• 언제나 낯선 길　105
• 얼러와! 대군 첨이제?　106
• 얼음 여인　108
• 열대야(熱帶夜)　110
• 영혼들의 겨울　111
• 욕　112
• 욕심　113
• 우후죽순(雨後竹筍)　114
• 울 아부지 새참　115
• 울보 매미　116
• 웃는 놈들　117
• 유령도시　118
• 유리 벽　120

• 유턴　121
• 이슬비　122
• 일기예보처럼　123
• 잊을 수 없는 눈물　124
• 자갈치 꼼장어　125
• 장모님　126
• 장맛비　128
• 전기밥솥　129
• 지키지 못한 약속　130
• 절벽　132
• 짝사랑　133
• 짝퉁　134
• 착각　135
• 착각하지 마라　136
• 참외　137
• 책갈피　138
• 처방전　140
• 처음 피는 꽃　141
• 촛불　142
• 추억의 소리들　143
• 친구　144
• 칼국수　145
• 타인들　146
• 태풍 너를 고발한다　147
• 풍경소리　148
• 하루살이의 꿈　149
• 한 번만 더　150
• 행복 시계　151
• 행복한 소리　152
• 향기　153
• 향기로운 땀　154
• 홍시　155
• 회 한 접시　156
• 후회　157
• 희망을 주소서　158

C.T 촬영

숨 참으세요
위이이잉~
숨 쉬세요

쉬이이익~

숨 참으세요
위이이잉~
숨 쉬세요

육십팔 년 꽁꽁
숨겨둔 속마음
다 들키고 말았다,

3분도 안 되어서.

가는 세월

시계가 없어도 시간은 흘러가고
바람이 없어도 낙엽은 떨어진다.

찢기어진 달력 사이로
서산에 걸린 붉은 해
어깨 위로 내려앉는
외로운 세상의 신음소리,

남김 없는 비움을 위하여
모든 것을 거부한 채
언 땅을 구르는 가랑잎
깊은숨을 내쉬는 바람,

쓰러지는 것은 비겁하다며
곧추서기를 반복하는 갈대가
차디찬 겨울바람 앞에서
무거운 고개를 흔들 때면,

조바심 가득한 삶의 언저리
남긴 것도 남은 것도 없는
허무한 그림자를 이끌고
나는 또 세월에게 길을 묻는다.

가로등

아직도 기다림이 남아 있어
홀로 어둠을 지켜 내는 밤
떠나는 것은 언제나 힘들고
만나는 것은 이토록
간절하기만 한 것일까?

내가 너의 이름을 불렀을 때
뒤돌아서 얼굴 붉히고
처음 너의 손을 잡았을 때
부끄러워 살며시
손을 빼어내던 그 아련함,

지나치는 바람에 휩쓸리며
그림자 앞세우고
우두커니 마주 서서
유난히 반짝이며
수줍게 미소 짓던 별빛을 줍던 밤,

많은 것이 아니면 어떠랴
선명하게 남은 기억
내가 너를 기다리는 이유이며
어둠을 지키는 일상이며
떠나지 못하는 고독한 설렘이다.

가을

또 한 번의 허물을 벗고
가을은 아침마다
빈 하늘을 바라보며
소리 없이 운다.

약속된 이별인 줄 알기에
말 한마디 없는 나무는
무디어진 손으로
눈곱을 떼어내며,

잘못 흘려놓은
눈물 한 방울도
흔적 없이 말려
가슴에 안고 가려 하네.

감당하기조차 어려운
여름을 벗어들고
텅 빈 마음이 시려워
야윈 기침을 시작할 때,

아! 벌거벗은
상심한 바람 한 점
채우지 못한 삶의 여백을
스치고 지나간다.

가지가지 한다

가지 볶음
가지 냉국
가지 무침

가지 전
가지 밥
가지 덮밥

가지 구이
가지 튀김
가지 부침개

가지 찜
가지 김치
가지 샐러드

가지 탕수
가지 피자
가지 파스타

가지 한 가지가
참
가지가지 한다.

갈대의 침묵

은비늘 반짝이는 강을 보며
하마터면 나는
너의 이름을 부르고
어리석은 고백을 할 뻔하였다

뒤돌아서
외로움에 던진 한마디가
설마 들킨 줄로 알고
가슴이 뛰는 것을 감춰야 했다.

오래된 옷장 속에 걸려있는
늙은 머스마의 오래된 외투처럼
색 바랜 사랑의 감정 따윈
애초부터 낡은 것이라서

물억새가 고개를 흔들 듯
흰머리 흩날리는 지금도
끝내 전하지 못한 말
사랑한다.

무심한 듯 강을 건너보고 있는
머리 헝클어진 갈대만
내 마음을 훔쳐보고도
짐짓 시침을 뚝 떼고 있었다.

개망초

너를 기다리고 있었어

지독하다는 말을 들어도
귀찮다는 말을 들어도
그냥 네가 좋아
너를 기다리고 있었어

발길에 밟히고
돌무더기에 눌려도
마냥 네가 좋아서
오뚜기처럼 다시 일어나
너를 기다리고 있었어

비가 와도 바람이 불어도
떠나지 않고
어쩌다 찾아주는 벌, 나비에게도
내 마음 주지 않고
개망초라 불러도 화내지 않으며
널 기다리며 웃고 있었어

나 이쁘지 않니?

개미들이여!

천둥소리 두려워 마라
안식처를 찾지 못한
영혼의 껍데기를
한마음 한뜻으로 정성껏
장례식 치루어 거두지 않았더냐,

검은 밤을 무서워 마라
검은 몸뚱이로 한평생을 살아도
깊고 어두운 땅속에서
백옥처럼 하얀
알을 낳아 키우지 않았더냐,

비가 와도 겁내지 마라
작은 입 하나로
알알이 쌓아 올린 모래성이면
비를 막는 방법도
알고 있지 않더냐,

험한 세상을 미워하지 마라
자유를 위한 녹색 깃발을 들고
아무도 다니지 않은
길 없는 험한 숲속도
헤쳐나오지 않았더냐.

겡상도 콩나물

울 집은 몬 살았다 아이가
억수로 몬 살아서
클때는 시꺼먼 창꼬에서
퍼석한 포대기 한 장 덮고 자고
방이 얼매나 쫍았던지
대가리를 수구리고
서서 잠을 잤다 아이가,

가난해서
물배만 가득 채웠다 아이가
맨날
바가지로 물만 퍼 마신거
니 알제?

시루속 달셋 방 일곱날째
집세 밀린죄로 행님들은
머리끄뎅이 잡히갖꼬 끌리나가
찬물 뒤집어쓰고

다시 들어간
물 끓는 뜨거운 냄비 속에서
햇빛 한번 못 받아보고
고마 일생을 마쳐야 했제,

몬 사는기 죄는 아이라 캐도
내사 마 넘사시럽고 챙피해서
대그빡도 한번 못들고
시방까지도
맨날 대가리 수구리고
고대로 살고 있다 아이가.

고 스톱

똥이 똥을 먹다가
설사를 하면
그 설사똥을 먹는 것도 똥

3점이면 내 돈인데
국화 열이 폴짝 튀어
물거품이 되더니

새 다섯 마리가 날아다니다
홍단 초단 청단에게
이리저리 왕복으로 따귀를 맞고

싹쓸이 두 번에
설사 세 번 하고 보니
내 손에 남은 건 석 장짜리 폭탄뿐

한 점 더 먹으려고
고 한번 외쳤다가
고 박으로 쪽박 차고
광 박으로 패가망신.

고독에게

타락한 자여
고독을 흔들지 마라
고독한 자여
타락을 붙들지 마라

뜨거운 아스팔트 위에서
엉금엉금 기어가는 아지랑이
몸서리치는 외로움을 녹이며
뜬눈으로 밤을 새우고

희미해지는 기억의 흔적들이
차가워지는 내 심장 소리를 들으며
얼어붙어 갈 때
용광로는 붉은 쇳물을 토해내고도
뜨거운 말 한마디 없었다

혼자 갈 수 있는 길은
혼자서 가야 한다
가슴에 찔린 가시는
가슴으로 빼는 것

타락은 구정물을 마시며 자라고
고독은 스스로 돌아눕지 않는다.

고드름

고드름은 울고 있었다
하얀 밤을 지새우면
떠나야 하는 서러움에
차디찬
눈물을 흘리고 있었다.

투명한 영혼으로
싸늘한 몸을 씻고
정열의 가슴 위에 손을 얹어
언 몸을 녹이면서
뜬눈으로 지새운 밤,

차마 믿기지 않는 이별에
휘감았던 바람 소리
한겹 한겹 벗기면서
소리 없이
고드름은 울고 있었다.

그 소리들

봄날, 먼 산 뻐꾸기 소리
물결치는 보리밭 종달새 소리
무넘기 논두렁 엉머구리 소리

소나기에 묻혀오던 모내기 소리
보리타작 마당 도리깨질 소리
삐그덕 쿵덕 이던 디딜방아 소리

여명을 알리던 수탉의 홰치는 소리
송아지 찾는 어미 소 목멘 울음소리
별빛 내린 건넛마을 멍멍개 짖는 소리

'사그랑 사그랑' 가랑잎 스치는 소리
'소록소록' 함박눈 쌓이는 소리
고요히 흐느끼던 강물의 울음소리

기다리다 기다리다
어머니 따라 함께 떠나버린
그리운 고향 그 소리들,

그래도 그때가

'방금 면허 땄어요'
'오또카지 왕초보'
'운전은 초보 마음은 터보'
'초보운전 말이나 탈걸'
'3시간째 직진 중'

'오빠 나 처음이야!'
'저도 제가 무서워요'
'결초보은 잊지 않겠습니다'
초보인데 아기까지 있어요'
'남자친구 없어요, 저부터 구해주세요'

'개초보 차주 성격 있음'
'뭘 봐 초보 첨 봐?'
'건들지 마! 이러는 나는 더 답답해'
'밥이 타고 있어 속도 탑니다~ 비켜가삼'
'박지 마유~ 뒤에서 그러는 거 아니구면요'

너무 호들갑 떨지 말게나
너무 무서워들 말게나
그대들도 머지않아
이렇게 붙여야 할걸세
'늙은이라 느립니다'

그런 날이 있습니다

괜스레 퉁명스럽게
말하고 싶은
그런 날이 있습니다,

괜스레 관심 없어
하는 척하고 싶은
그런 날이 있습니다,

혼자 하는 산책길에
허전해하면서도
아닌 척 꾹 참아버리고
괜스레 나를 미워하는
그런 날이 있습니다,

비라도 내리는 날이면
보고 싶은 마음에
전화기를 만지작 거리다
슬그머니 꺼 버리고

괜스레 서러워하는
그런 날이 있습니다.

그리움

안고 사는 거지
세월이 흘러서
안을 수 없을 만큼 커져도
안을 수 있는 만큼만 안고 사는 거지

필요할 땐 조금씩 꺼내어
설탕처럼 커피에 타서
훌쩍훌쩍 마시며
눈물도 흘려보고

뜨거운 햇볕 쏟아지면
양산 같이 쓰고
눈물 닮은 비 내리면
우산 같이 쓰고

고깔모자도 씌워보고
리본도 달아보고
토닥토닥 달래고
손 내밀어 잡아주며

헤어지지 못하고
저만치 세워놓은 그리움인데
넘친다 해도 어쩌겠습니까
안을 수 있는 만큼만 안고서 사는 거지.

그죠?

가을은 참 이쁘다,
파란 하늘과 노란 은행잎이
눈 시린 풍경을 만드는
가을은 참 이쁘다,
그죠?

하얀 뭉게구름
하늘 높이 솟아오르고
속삭이는 바람에 코스모스꽃들이
하늘하늘 웃고 있는
가을은 참 이쁘다,
그죠?

들국화 피어있는
논두렁 저 너머로 황금물결 일렁이고
춤추는 허수아비 참새를 기다리는
가을은 참 이쁘다,
그죠?

별이 외로울까
밤마다 들려주는
귀뚜라미 노랫소리가 있어
가을은 참 이쁘다,
그죠?

기막힌 핑계

처음으로
아침 산책을 계획하였다

큰맘 먹고
아침 6시에 일어났다

아껴 두었던
새 운동화를 꺼내 신었다

문을 열고
밖으로 나갔다.

하필, 그렇게 오랫동안
오지 않던 비가 내렸다

하늘만 몇 번 쳐다보고
그냥 다시 들어왔다

그 운동화 아직도
새것, 그대로다, 2년째.

기억의 이유

이 세상 마지막 순간에
내
너의 이름을
불렀으면 좋겠다.

흔적도 없이
이 세상에서 사라지는 날
내
너의 이름을
부를 수 있었으면 좋겠다.

먼지처럼 흩어지며
한마디 비명조차
남기지 못한다 해도

너의 이름은 내 기억 속에 남아서
사라지지 않았으면 좋겠다.

세상에서 제일 가난한 사랑을
말없이 받아준 그 마음을 생각하며

이 세상 마지막 날에 꼭,
내
너의 이름을
부를 수 있었으면 좋겠다.

길 떠나는 영혼이여!

여보게 친구
마지막 가는 길에
한잔 술로 되겠는가?

한잔 더하세,

미친 듯이 마시고 또 마시고
비틀거리며 걷다가
잘못 들어선 길이라고
취한 술 핑계 삼아
다시 돌아오게나

소금 뿌려진 미꾸라지처럼
쓰라림에 몸부림치던 삶,
이렇게 허무하게
한잔 술로
영원한 이별을 하기에는
너무 허망하지 않은가?

주안상 치우지 않고 그냥 두려네
다시 돌아와 마주 앉아
술 한잔 더하세.
2021. 02. 22.(친구의 영전에)

까치밥 홍시

매서운 겨울바람에 스치어
빨갛게 얼어버린 볼

하얗게 서리 내린 아침
끼니 굶은 까치 한 마리
달콤한 유혹을 견디지 못하고
허겁지겁 쪼아대다 남기고 간
까치밥 홍시

찬 바람 불고 눈 내리던 날
상처 난 볼을 어루만지며
잎새들도 떠나버린 가지 끝에
가까스로 매달린 채

무서워서 떨어질 수도 없는
높은 나뭇가지 끝에
겁에 질려 흔들리는
길 잃은 홍시 하나.

깨진 두레박

상심의 문턱에서
허우적거리며
부풀려진 갈증만
퍼 올리는 헛손질

짧은 줄에 매달려
차가운 인사 한마디
건져 올리지 못하고
생채기만 남은 두레박

아무리 드리워도
긷지 못한 샘물처럼
소용없는 그리움
닳아빠진 먹먹함

돌아오지 않는 것은
기다리지 말라며
식은땀을 훔쳐 가는 바람 속에
차갑게 던지던 그 한마디

"난 널 사랑하지 않았어"

나는 다 들리지

나는 다 들리지
너의 발자국 소리
아무리 멀어도
나에게는 다 들리지

소낙비처럼 요란하지도
가랑잎처럼
바스락거리지도 않지
흰 눈 위에 남아서
뽀드득거리는 소리는
더욱 아니지

나는 듣고 있지
너의 발걸음 소리
아지랑이 위로 떨어지는
봄 날 꽃잎처럼
사뿐사뿐 걸어오고 있지
조용히 아주 조용히

마음이 콩닥거려도
두 귀가 멍멍해져도
가슴 뛰는 너의 소리
나는 들리지
나에게는 다 들리지.

나는 호박이다

손을 뻗어 잡을 수 있다면
가시덤불도 기어오르고
돌무더기 언덕도 거침없이 기어서
넘어지지 않을 곳에 자리 잡고

둥글넓적 펑퍼짐한
엉덩이를 만들기 위하여
오매불망 느긋하게 퍼져 앉아
견뎌내는 중이다

이곳저곳 고치려고
병원 문턱 기웃거리는
어리석은 사람들아!
함부로 내 모습과 비교들 하지 마라

부끄러운 마음 고백 못 하고
호박잎 그늘에서 기다림에 지쳐도
못생겨서 숨은 것은 절대 아니다
나를 향해 킥킥대며 비웃지 마라.

나의 시는

유년의 꿈을 핥고
청춘의 영혼을 갉아서
덮어두었던 상처를 들추고
짜내는 피고름,

아직도
삼키지도 뱉어내지도 못한
목에 걸린 생선 가시
인생의 흉터,

희미한 가로등 아래에서
만취하여 토해내던
삭이지 못한 토사물
눈물 찌꺼기,

구부러진 인생길에
차마 꺼낼 수도 없었던
얼룩진 그림자
가슴앓이 생채기,

언젠가는 사라지고 잊혀질
쓸쓸한 글자들이
내 이름 석 자 위에
잠시 머물러가는 넋두리.

나이

곱빼기 안되고
덜어 먹는 것 안 되고
남기는 것 안 되고

그릇에 담아 먹는 것 아니고
껍질 깎아 먹는 것 아니고
나누어 먹는 것 아니고

씹히는 것도 없고
고소한 냄새도 없고
달거나 신 맛도 없고

한 육십 년 먹으니까
주름살만 늘어나고
머리카락이 하얗게 변하는데

먹기 싫어도
일 년마다 한 번씩 강제로
어김없이 먹어야 하는

맵고 쓴맛밖에 안 나는
이거
먹는 것 맞기는 맞아?

내 이름에 대한 소고(小考)

치욕의 그늘 밑에
내 이름 쉬게 하지 말고
밤에 부는 검은 바람에
내 이름 석 자 펼치지 마오,

겨울은 봄과 헤어지고
비는 구름과 헤어지고
질서정연한 외로움에
규칙 없는 이별을 배우며

상실의 시대를 살아가는
허무한 외침 속에
마취도 없이 도려낸
생채기처럼
만신창이 같은 삶이
혼돈으로 얼룩진 세상,

얻은 것도 남은 것도 없이
때만 묻은 내 이름 석 자
불러줄 사람 없겠지만
부패와 타락으로 덧칠되고
검은 유혹으로 오염된
독항아리에 담지는 말아주오.

너 먼저가

낡은 덤프트럭 한 대가
공원묘지 언덕길을
느릿느릿 오르고 있다

잔뜩 힘을 준 엉덩이로
시커먼 토악질을 하면서
둔탁한 굉음을 뱉어낸다

힘에 겨워
두 눈을 껌뻑이며
힐끗힐끗 곁눈질을 한다

더 이상 빨리 갈 수 없으니
급하면 앞질러 가라고
등 뒤에 붙여놓은 한마디

먼저 갈 수도 없었지만
먼저 가기도 싫었다.
'난 이미 틀렸어! 너 먼저가'

네비게이션

조용하고
아름답고
평화로운 곳
네비게이션 목적지에
안내를 부탁했다,

'목적지가 없습니다'

즐겁고
기쁘고
행복한 곳으로
다시 안내를 부탁했다,

'경로를 알 수 없습니다'

잠잘 수 있고
배고프지 않고
편안하게 쉴 수 있는 곳
그곳으로 바꾸어서
또다시 안내를 부탁했다,

'우리 집'
'안내를 시작하겠습니다'.

누구냐

8월의 저 뜨거운
태양을 훔친 자 누구냐?
펄펄 끓는 가슴으로
청춘을 향해 쏘아 올린 화살
맨손으로 거머쥐던
푸르른 날들이여!

이글거리는 분노들이
마구 쏟아지는 대지 위로
거침없이 내 달리는
태풍의 달음박질과
성난 파도 위에 뒹구는
거센 회오리바람도

청춘의 날개를 접게 할
걸림돌이 될 수는 없었다,
용솟음치는 용기 앞에는
그 무엇도 두렵지 않았다
저 뜨거운 8월의
태양보다 이글거리던
내 심장의 붉은 소리

아!
아직도 타고 있는데!
아직도 뛰고 있는데!
지금도 가슴에 얹힌 손에는
천둥소리처럼 쿵쾅거리는
그 붉은 심장의 소리를
선연하게 들을 수 있는데.

눈

아! 그렇군요
아직
하늘 저 높은 곳에서
다 내려오지 못한
눈이 남아 있었군요

내게 남은 사랑이
얼만큼인지 알 수 없어
아직도 꼭, 꼭
망설임 속에 숨겨놓고
당신에게 전하지 못하고 있는데

잔뜩 흐린 아침
우표도 없는 편지 속
순백의 하얀 속살들이
곁눈질하면서
설레임을 쏟아내고 있군요.

사랑이란
낯선 단어 앞에서
온갖 색을 덧바르다
검은색이 되어버린

얼룩진 젊은 날의 초상

좌절과 갈증들이
뒤범벅되어 흩어질 때
하얀
무채색의 마음을 내어주던
당신의 사랑처럼.

눈사람

언제부터인가 너를
기다리고 있었다
언제부터인가 너를
그리워하고 있었다.

먼 먼 날에 잊어버린 기억은
찾지 않으리라
혼자라서 외로운 게 아니라
찾아오는 이 없어 외로운 것을,

흔적은 없는데 상처는 남아있고
그것이 서러움이라는 것을 알았을 때
이미 너의 등 뒤로
알싸한 겨울바람이 일고 있었다.

밤은 무섭지 않았다,
어둠이 휘감기어 흐느낄 때
제풀에 풀어져 벗어버린
하얀 이별의 스카프 자락,

사그락사그락
방문 밖에서 밤새워 들리는 수군거림
아직도 떠나지 못한
아득한 옛사랑의 흐느낌.

능금이 익어갈 무렵

열일곱 소녀의
깜찍한 고백처럼
푸른 고깔모자
설렘 뒤에 숨은
아직도
허락되지 않은 두근거림

기다릴수록
가슴은 부풀어 오르고
붉어지는 얼굴,
햇살의 놀림이 싫어
자꾸만
고개 숙여 마음 감추는
저 부끄러움이란!

늙은 등대

덧없는 세월에게 받은 편지처럼
기다림은 숙명 같은 것이어서
말은 필요 없었다

기다림도 때로는
그리움으로 채울 수가 있어
모진 비, 바람에도 설레며
할퀴고 가는 늙은 파도의
성난 이빨도 피하지 않았지

그저 주고받는 눈빛 하나로
만남을 기다리다
아무것도 전하지 못한 채
수평선 너머로 멀리 사라진
길 잃은 뱃고동 소리

수평선 노을을 붙잡고
노쇠한 눈빛 껌뻑이며 밤을 새우던
잊어도 좋을 이야기는
애써 꺼내지 말자,

잊어야 한다고 생각할수록
더 그리워지는 아쉬움 한 조각
자욱한 물안개 위로 떠 오르는 날
남아있는 울음 길게 터뜨리며
길 잃어 헤매는 당신의 미련을 깨우리라.

달맞이꽃

고요한 달빛 드리우면
어색한 침묵으로 말없이
그리움에 잠기는 꽃,

마실 수도 없는
사랑에 취하여 비틀거리고
먹지도 못하는
사랑에 체하여 괴로워하고

그까짓 쉬어버린 사랑
식어버린 줄도
잃어버린 줄도 모르면서

불꽃처럼 타올라도
뜨겁지도 않던 사랑
별이 되어 사라지고
함부로 그리워하지도 못한 채
달그림자에 숨어버린 약속,

그리고
끝없는 기다림.

달집태우기

살아 숨 쉬는 모든 것
달빛 속에 녹아들며
꽃을 피우는 바람을 부른다

얼어있는 땅 위로 내뿜는 입김
자지러질 듯이 비틀거리며
거세게 타오르는 달집

간절한 소망
두 손으로 합장하고
꽹과리 소리 장단에
발가벗은 겨울이
어두운 밤하늘 속
길을 잃어버리면

신명을 더하는
대보름 달빛 타고
풍물 소리 지신밟기
모든 액운 다 태우고

문풍지 뚫고 간
황소바람 사이로
봄이여 오소서!
어서 오소서!

당신은

봄 햇살이
그대 마음만큼 따뜻할까요?
봄날에 피는 꽃이
그대 미소만큼 화사할까요?

봄 햇살처럼 생각만 해도
따뜻함이 묻어나는
그런 당신
언제나 보고 싶어지는 사람,

봄바람 속에 숨어
부끄러워하는
그대 보이지 않는 모습이
향기라는 걸 아는지요?

봄 아지랑이 속에
사뿐사뿐 걸어오는
그대 발걸음 소리가
기쁨이란걸 아는지요?

봄 버들피리 소리처럼
언제나 생각해도 설레임 돋아나는
그런 당신
자꾸만 기다려지는 사람.

당신이었으면 좋겠습니다

찔레꽃 향기가
괜스레 호들갑을 떠는소리와
5월의 빨간 장미 고독한 향기를
함께 할 수 있는 사람이
꼭
당신이었으면 좋겠습니다,

커피 한 잔 손에 들고
이팝나무꽃 그늘에서
도란도란 속삭이는
하얀 꽃잎들의
이야기를 들어주며
함께 할 수 있는 사람이
당신이었으면 좋겠습니다,

세상 거친 바람 조용히 쓰다듬어
하늘에 오색풍선 띄우고
마주 보는 눈길로
조용히 미소 지어
빈 공간을 채울 수 있는 사람이
꼭
당신이었으면 좋겠습니다.

덩굴장미 다섯 송이

담장 너머 고개 내민
덩굴장미 다섯 송이

호호호호 웃다가
하하하하 웃더니
헤헤헤헤 웃는다

아침이 오고
밤이 되어도
웃고 또 웃는다

얼굴이 빨개져도
빨개진 줄 모르고
얼마나 웃고 또 웃었는지
오늘은 지쳐서
히히히히 웃는다,

뭘 봤지?

둠벙논 왕잠자리

둠벙논 웅덩이를
빙빙 돌던 왕잠자리
속이 훤히 비치는 얇은 날개로
하늘을 날기에는
7월의 소낙비가 너무 무서워

앉기도 전부터 떠남을 준비하며
논두렁에 벗어놓은
밀짚모자 꼭대기에 살짝이 앉아
아버지의 이야기를 듣던 왕잠자리

등딱지 파란 잠자리 잡아
호박꽃 꽃술 묻혀
초록색 등딱지를 만들어 날리면
등딱지 파란 잠자리들이
짝짓기하려고 덤벼들다 잡히던

기억도 어렵지만
잊기도 쉽지 않은
둠벙논 웅덩이를 지키는 왕잠자리.

따뜻한 겨울나기

털모자
털장갑
털목도리
털 귀마개

오리털 파카
솜바지
어그부츠
패딩 조끼

그리고
털신 하나 사주지 못해도
불평 없이
옆구리 뎁혀 주는 마누라.

때

기다려주지 않는 것이
너무 많은 세상에서
소리 없이 가난을 마시며
정지된 시간을 지키는 때,

긴 세월로도 차마
닦아버릴 엄두조차 낼 수 없는
고단한 나날을
켜켜이 쌓아놓은 때,

소나무 껍질 같은
거칠고 메마른 딱지가 되어
보릿고개 주마등 위에서
탈출하지 못한 까만 때.

어지럽게 덕지덕지 붙은
달셋방 쪽지를 뒤적이던 날
만취한 설움에도 씻어내지 못한채
지금도 남아있는 내 마음속 묵은 때,

뜨개질

애환 어린 삶의 파편들이
아내의 손끝에서
한올 한올 엮어진다,
목도리와 작은 손지갑
앙증맞은 모자에
토트백 가방 하나,

코바늘이
부지런히 실을 물어와
공간과 허공을 묶어내면
곁에 앉은 바구니 속 실뭉치
엉덩이를 실룩이며
나들이 생각에 들떠있고

장미꽃 놓인 식탁 위에
맛있게 구워진 토스트와
잘 익은 딸기 한 개,
넌지시 엎어놓은
연분홍색 하트 받침이
슬쩍 내 심장을 찔러본다.

로또

맞으면
최고 큰 집부터 사야지
최고급 자동차도 사야지
제일 멋진 양복도 사야지,

맞으면
만 원짜리로 몽땅 찾아
밤새도록 헤아려 봐야지
최고급 음식만 사서 먹어야지
최상급 선글라스 한 개 사서 쓰고
세계여행도 다녀야지,

맞으면
절대로 셋방에 안 살고
자전거로 출근 안 하고
트레이닝복 안 입고
싸구려 색안경 안 쓰고
끼니마다 라면 안 먹어야지,

그런데 지금까지
단 한 번도 맞은 적이 없다
십 년이 넘도록….

마지막 일몰

가거라, 빌딩 숲속을 맴돌아
아무도 없는 아스팔트 길을 따라

반쯤 남은 술잔일랑
서러움 타서 훌쩍 마시고
달그림자 밟으며
다시 만날 수 없는 검은 물결 위로,

듣지 않아도
그리 울 것 없는 종소리도
붉은 노을 속에 남겨진
휘갈겨 쓴 편지도

쭈그러진 손 부끄러워
안아주지 못한 초췌한 영혼
비에 젖어 추적이는
내 얼굴에 주름 하나 더 남기고,

다시는 돌아오지 말아라
코로나도 마스크도
다시는 다시는
돌아오지 말아라.

2020. 12. 31.

마침표

서둘러 찍지 마라
틀린 곳도 있으리라
고칠 곳도 있으리라
쉼표도 필요하고
느낌표도 필요하고
말 줄임표도 필요하더라,

인생이나 문장이나
마침표는 언제라도 마지막에 찍는 것
물음표만 가득히 얹어놓은
인생 진열장
먼지 한번 제대로 닦은 적 있더냐?

비틀거리다 일그러진 글자나
채우지 못한 황혼빛 술잔이나
찍어버린 마침표 뒤에는
후회도 눈물도 필요가 없더라,

함부로 찍지 마라
잘못 쓴 인생 일기 고칠 수 없고
잘못 찍은 마침표 그 뜻이 달라진다.

메뉴판

구워 놓았건
삶아 놓았건
우리 말 좀 하고 삽시다.

오만 원, 육만 원,
돈만 적어 놓지 말고
신맛인지 떫은맛인지
매운맛인지 순한 맛인지
알아야 사 먹을 게 아니겠소?

예전에 나무통 걸머지고
오 원짜리 아이스케키를 팔러 다녀도
'달고 시원해'를 외치고 다녔소,

대꾸 없이 냉가슴 앓다가
쪽지 한 장 남기지 않고
삐쳐서 친정집에 고자질하러 가던
아내도 '잘 살아'란 말은 했소,

영어도 한글도
돋보기 없는 눈에
못 읽기는 매한가지
그냥 우리, 말 좀 하고 삽시다.

명량(鳴粱) 장보기

비어있던 지갑 속에
신 사임당을 모시고
어깨 힘을 잔뜩 넣어가며
장보기를 나섰다,

포도 한 상자, 밀감 한 상자
신 사임당이 세종대왕님으로 바뀌고

배추 한 포기, 오이 세 개
세종대왕님은 율곡 이이 선생님으로

상추 두 봉지, 가지 한 봉지
율곡 이이 선생님이
퇴계 이황 선생님으로

감자 두 개, 양파 한 개
퇴계 이황 선생님마저
이순신 장군님으로 바뀌었다.

주머니 속 거스름 동전만 만지작거리는데
이순신 장군님이 무겁게 입을 뗀다.
"우리에겐 아직도 열세 개의 동전이 남아있습니다"

몰래한 사랑

유채꽃 깜짝 고백에
꿀벌이 잠시
날개를 접으면
봄 햇살도 살며시
눈을 감는다.

아무도 몰래
그렇게 사랑이 시작되는 날
세상이 아름답게
또 다른 꿈을 꾸며
수줍은 봄을 그리는 날

아무것도 모르는 척
바람 한 줄기
소리 없이 스쳐 지나갔지.

못난이 꽃

어디 자랑이라도 좀 해야 할 텐데
색이 조금 모자란 곳은 없을까?
모양이 이쁘지 않은 곳은 없을까?
연두색 이파리로 덮어보았다가
초록색 잎새로
다시 덮어보았다가,

구박은 받지 않아야 할 텐데
이름이라도 예쁘게 지어야 할까?
지난봄에도 피었는데
또 피었냐고 꾸중이라도 들을 것 같아
웃음소리가 너무 경박스럽다고
마구 야단이라도 맞을 것 같아,

보아줄 사람 없는 못난이 꽃은
아무래도 봄에 피는 것이 아니란걸
숨어서 피어야 하는 꽃이란걸,

그래도 봄에만 피고 싶다는 건
안개비 내리는
봄날에
소리 없이 피고 싶다는 건.

무인 차단 정산기

내가 힘들 때, 내가 나를 안아주고
내가 슬플 때, 내가 나를 다독여 주고
내가 기쁠 때, 내가 나를 칭찬해 주고 살자

삭제하지 못한 채 되돌리기엔
너무 늦어버린 흔적들
카톡방에 있는 아침 인사 몇 글자도
삭제하기까지는
얼마나 망설이며 되물었던가?

허기진 연필이
빈 종이 위에서 방황하고
길이 험하고 힘들다며
구겨서 던져버린 서툰 글씨들은
또 나를 얼마나 미워했을까?

술래잡기에 지친 어질러진 삶,
빈손으로 왔다가
확인 도장도 없는 인생 주차권을 들고
무인정산 차단기 앞에 서면
여태까지 머문 시간
외상값은 갚아야지 아니 그런가?

무임승차 라떼

밤늦은 지하철에
소주 냄새가
무임승차를 하였다,

덤으로 따라온 비린내가
노약자석에 비스듬히 함께 앉아
꾸역꾸역 라떼 이야기를
쉴새 없이 썰어놓는다,

감자, 고구마, 강냉이
밀 서리, 콩서리
개구리, 물방개

소나무 속껍질 벗겨 만든
송기떡까지 끌려 나와
까닭 없이
내릴 역 출입문을 막고 있다.

슬그머니 돌린 시선
흔들리는 손잡이
그래! 그땐 그랬지
우리 때는, 나 때는.

물거품

어느 해 여름 장날
보리쌀 닷 되 팔고
토란 석 단 팔고
감자 세 근 팔아

소금 먹고 널브러진
꽁치 세 마리 사서
지푸라기에 묶어 들고
자식놈 기성회비 줄려고
삼베 지갑에 갈무리한
남은 돈,

외상값 절반 갚고
대폿집 막걸릿값으로
절반 날리고
비틀거리며 오던 밤길

논둑길 아래 웅덩이에 빠져
간신히 헤어나긴 했건만
꽁치 맛도, 기성회비도
모두 물거품처럼 사라졌던

아버지의
그 어느 해 여름 장날.

미련

낡은 주머니에
남아있는 찌꺼기 바람처럼
불규칙한 리듬으로
흔들리는 숨소리
마음속에는 삭이지 못한
규칙과 인연의 굴레

알맹이 다 빠져버린
쭉정이 꼬투리 같은 모습으로
우리는 시침을 뚝 떼고
지나간 세월을 핑계 삼아
오늘을 외면하고 말았다

노을 속에 갇힌 해
어쩔 줄 몰라 얼굴 붉히고
갈등 속에 집을 지은
떠나지 못하는 먼지 같은 미련

아무것도 아닌 척
먼 하늘을 바라보다
멈춰 있던 그림자 앞세우고
돌아서서 쓸쓸히 혼자 걷는 길.

바가지

뜨거운 여름 한낮
우물에서 막 퍼낸
물 한 바가지
세상 근심 걱정
다 씻어버리고,

깨지고 갈라지고
헝겊 덧대어
꿰매놓은 바가지
콩, 팥, 양대, 참깨
종자 씨앗 담아두고,

어제도 오늘도
보이지 않게 숨겨둔
아내의 바가지
핀잔에, 걱정에
물 마를 겨를이 없고.

바다

바다! 너를 안아보고 싶다
너무 넓어서 너무 깊어서
한반도 안아보지 못한
바다! 너를 안아보고 싶다

반짝이는 햇살을 건지며
조용히 조용히 밀려와
간지러워 아우성치는 모래들을
하나둘 해풍에 널어 말리다

거센 폭풍우 몰아치던 날
공포와 무서움에 떨면서
철썩이던 너의 울음소리
혹시 다친 곳은 없었는지

너무 깊이 담겨진 생각들
다 꺼내어 담을 수 없어
두 팔 벌려 안아보는 흉내만 내고
다시 제자리고 돌아와 있지만

바다! 저 넓고 깊은 바다처럼
작은 내 가슴이
한없이 넓어지고 커질 수 있도록
바다! 너를 한번 꼬옥 안아보고 싶다.

바람에게

흔들리지 마라
언제나 어지러운 세상이다
흔들지 마라
애태우는 것들은 누구에게나 있다.

속이며 흔들리고
속아서 흔들리고
그리하여 쉴 곳은
아무것도 살지 않는 벌거벗은 땅

세상에서 가장 비겁한 것이 변명
그다음 비겁한 것도 변명
모른 척 시침 뚝 떼고
끝없이 벌어지는 영혼들의 가면극,

높새바람 어지러이 부는 날
눈치 없는 달은 잡은 손을 뿌리치고
잠들지 못한 밤하늘
별빛들은 초롱초롱하지만

허망한 꿈을 찾아 바람개비처럼 돌아도
남은 것은 언제나 절망,
침묵은 용서가 아니었는데
비겁한 종은 맑은소리를 잃었습니다.

별호(別號)

큰아버지 삼출이
아버지 걸출이
작은아버지 또출이
막내 작은아버지 옥출이

나 어릴 때
동네 사람들이
어른들을 부르실 때
별호를 부르셨다,

억양 센 경상도 사투리에
발음이 잘 안 되어
'비로'라고들 하셨다

국어사전엔
본명이나 자(字) 이외에
허물없이 쓰기 위해 지은 이름.

오늘 유년 시절 친구에게
'비로'를 선사 받았다
엉터리 시집 받은 보답이라며
조선 중기 문신 김 극성의 호를 받아
흔쾌히 선뜻 보내 주었다.

문단에 얼굴 내밀 때 있으면
꼭 함께 쓰겠다고 하였지만
너무 훌륭한 분이라
선뜻 사용하기가 두려워진다.

청라(靑蘿)
이른 봄, 신비로운 연초록 담쟁이

2020. 12. 31.

백미러

앞으로 달리기 위해
백미러를 보아야 한다는 걸
왜 잊었을까,

백미러도 없이
진로 변경도 후진도 못 하고
앞으로만 내달린 인생길

한 번쯤 뒤돌아도 보고
한 번씩은 차선 변경도 해보고
잠깐씩은 휴게소에서 쉬어도 갈걸,

백미러가 없다고
무작정 앞만 보고 걸어온
그렇게 아쉬움만 남아버린

걸어도 달려도 출구 없는 미로
이정표 없는 인생길
어느새 흰머리가 갈바람에 날린다.

보고 싶을 땐

보고 싶을 땐
괜히 이름을 썼다가
지워 버리곤 해,

오늘도 그 이름을 썼다가
금세 지우려고 했지만
오늘은 그 이름을
지울 수가 없었어.

다시 보니 그 이름을
볼펜으로 썼지 뭐야
아마도 오늘은
너무너무 많이
보고 싶었었나 봐.

보리 개떡

늘 그렇듯
내일을 빌려서 오늘을 살던
어설픈 여름

달그락거리는 살림살이들
무조건 버릴 수도 없기에
하루에도 몇 번씩
헹구어 엎어둔 빈 그릇

뜨거운 8월의 햇볕이 얹혀있는
키 높은 나뭇가지에
삶의 무게가 거꾸로 매달려
고달픈 낮잠에 빠져들고

긴 장대로 괴어놓은 빨랫줄에
널어놓았던 하루
모깃불 연기마저도
허기에 지쳐 사그라지던
그 여느 해 여름

소반 없는 상차림
버적거리는 모래 앙금
녹지 않은 사카린이라고
굳이 변명으로 달래가며
배고픔을 삼키던 보리 개떡.

보리밥

뜨거운 가마솥 안에서
어지간히 흘린 눈물에도
말똥말똥 흐트러짐 없이
야속한 세상을 살아낸 너

허기를 짊어지고 퍼질러 앉아서
삶아도 삶아도
억센 악다구니 이빨을 머금고
허물어지지 않던 잔인한 기억

땟국물 줄줄 흐르는 손에
삶아놓은 보리쌀 한 덩어리
된장 한 숟가락 얹어 먹던
근근이 이어진 삶의 궤적

입안에서조차 부스러지기 싫어
뱅 뱅 맴돌기만 하던 그 지독함
구멍 난 삼베 보자기로 덮어두었던
어설프고도 질긴 그 자존심.

봄이여!

봄날이여!
찡그린 얼굴로 오려거든
오지 말아라
웃음기 잃은 얼굴
무표정한 모습으로 오려거든
아예 올 생각을 말아라.

살그머니 땅을 들추어
생글생글 웃어야 할
새싹들은
그저 무표정하거나
허탈해하거나 우울해할
너를 기다리지 않는다,

너를 기다려 기쁨이 솟아나고
너로 하여 금 희망을 채우며,

지쳐 스러진 이 땅 위에
홀로 설 수 있는 뿌리를 내리고
꽃을 피우는
생의 이야기만 기억할 뿐이다.

네가 온다는 사실만으로도
떨리는 마음이 되어
생각만 하여도
희망이 솟아나고 웃음이 나고
그냥 춤사위가 솟아나는
그런 날이 아니면

절대 절대로 오지 말아라.

봄의 고백

창백한 얼굴로 떨고 있는 지금
그대 마음을
녹일 수 있는 것은 나 뿐이요
근심 어린 그대 얼굴에
꽃을 피울 수 있는 것도 나 뿐이요
겨울이여!
내 진실을 믿어주오.

꽁꽁 얼어버린 마음속에
푸른 새싹들을 불러
춤을 추게 하겠소
걸어가는 걸음걸음
나비들도 불러 모아 같이 가겠소
겨울이여!
내 마음을 받아주오.

힘들게 가는 발길
새들의 노래로 기쁨을 채우겠소
지쳐버린 바람들
실개천에 잠재워
버들피리 소리로 들려주겠소
긴긴 겨울이여!
이제 내 사랑을 받아주오.

부산 머스마

치아뿌라, 그까짓 사랑 같은 건
내 마음 창고 속에
아직 잔뜩 들어 있다
한 바가지 퍼간다고
표 띠라도 날 줄 알았더냐
피라도 흘릴 줄 알았더냐.

고마 해라, 너무 교만함에 빠져
진짜배기 사랑이
어떤 것인지 알기나 하냐
말이 없다고
마음까지 무뚝뚝하진 않았다.

억시기 도도한 척하지 마라
이쁘다고, 곱다고
안 떨어지는 꽃은 없다
떨어지면서
후회하지 않은 꽃도 없다.

사랑은 말로 하는기 아이다
잠시 빌려 쓰는 것도 아이다
더 이상 무심한 척하지 말고
내마음 몽땅 가져가라는데
그래도 안 되면 치아뿌라.

부채, 바람 피우다

부채가 바람을 피웠다
화로의 숯불이
어쩔 줄 몰라
빨갛게 볼이 달아 올랐다

엉큼한 생각으로
밤, 고구마,
감자, 오징어가
차례로 구경을 왔다

방문에 구멍을 뚫고
키득거리며 몇 시간째
구경 삼매경에 빠져
옷에 불이 붙는 것도 몰랐다

밤은 터지고, 감자는 타고
고구마는 갈라져
쉭쉭 거리고
오징어는 온몸을 비틀다가
돌돌 말고 넘어져 다쳤다

그러나 바람피운 부채는 무죄였다.

비누

취하는 향기로
유혹의 거품을 만들고
매끄러운 살결을
나의 얼굴에 부비우며
한때는
사랑의 욕조에서
온몸을 녹이던 너,

언제부터인가
자꾸만
나의 손에서 벗어나
일탈을 꿈꾸었다는걸
알지 못한 채
너를 무조건
안아보려 하였지,

내 곁을 맴돌면서도
언제나
내 곁을 떠날 생각으로
바둥거리던 모습
끝내 다 녹아서 사라질 때까지
단 한 번도
안아 볼 수 없었던 너.

비빔냉면

세상사 힘든 날 많고 많은데
젓가락 끝으로
돌돌 말아 올린다고
질긴 인연의 끈 놓을 수 있을까

고춧가루를 껴안고
고추장 범벅 속 올가미에
스스로 갇혀버린
어느 여름날의 약속.

헤아리기도 쉽지 않은 날들을
한세월
칡넝쿨처럼 얽혀서
담쟁이처럼 붙어서

함께 걷자던 우리의 언약처럼
한사코 헤어짐을 거부하는
고무줄보다 질긴
엉킨 실타래 같은 비빔냉면.

비 오는 날의 수채화

아닌 줄 알면서도
우산을 펼쳐 들고
비가 내리는 숲속 길로
나가봅니다.

우산 위에
토르륵 토르륵 떨어지는
빗방울 소리를
무척이나 좋아했던
그 사람!

살금살금
소리 없이 내리는 비를
그 사람은 아직
모르고 있나 봐요.

그냥
돌아서서 오는 길이여요
돌아오는 길이
이렇게 먼줄 몰랐어요.

그렇지만
내일도 비가 오면
또
그 숲속 길로 나가 볼거여요.

빛과 그림자

화려한 꽃 화환은
격려와 축하를 위한 것
흰 국화꽃 화환은
슬픔을 감추기 위한 것,

다리를 놓는 것은
따스한 인정이 그립다는 것
울타리를 치는 것은
이웃을 멀리하겠다는 것,

항생제를 구하는 것은
내 한 몸 살리겠다는 것
살충제를 구하는 것은
바퀴벌레 한 마리라도 죽이려는 것,

꽃 가마를 타고 가는 것은
새로운 출발점으로 가는 것
꽃상여를 타고 가는 것은
인생의 종착역으로 가는 것.

빨간 우체통

아직도 대답 없는
첫사랑이 숨어있을까?
아직도 긴 사연을
읽고만 있을까?

설레임 가득한 기다림이,
다 비우지 못한 커피잔의 커피처럼
고요히 생각에 젖어 있을까?

만남도 없이
떠나버린 기적소리같이,
비에 젖어 떨어지는
빨간 단풍잎같이
아련한 흔적만 남기고,

쓸쓸한 거리에
기다림 아닌 기다림으로
부끄러워 입술 내밀고
빨간 외투 여민 채

아직도 대답 없는
볼 빨간 내 고백이 남아있을까?
아직도 답장 없는
콩닥콩닥 내 마음이 들어있을까?

빨간 장미

기어이
붉은 입술 깨물고 말았네,
아! 그대 곁에 누가 있어
가시 돋친 삶을 살아야 한답니까?

꽃잎 하나로
마음을 데우면서
기다림이 외로움 되고
외로움이 그리움 되어도,

짧은 생의 끝을 잡고
괴로움에 휘청거리며
잿빛 하늘에
빨간 고독을 심어야 한답니까?

남은 가시 심장을 찔러
붉게 타는 사랑 채우고
무작정 나서는 길,

정녕
가슴앓이처럼 훌쩍이는
어찌할 줄 모르는 비,
이대로 꽃잎 속에 가두고
뛰는 가슴 삭여야만 한답니까?

사랑 그거

사랑 그거 줘 버리자
빠지면
헤어 나오지도 못할
사랑 그게 무어라고

사랑 그거 줘 버리자
불태워도
재 한 줌 남기지 못하는
사랑 그게 무어라고

사랑 그거
포장하지 말고
생긴 대로 있는 대로
남김없이 줘 버리자

죽도록 사랑해도
갖고 가지 못하는 사랑
나에게는 안 남아도
너에게는 남는 사랑

아끼지 말고 감추지 말고
모두 다 줘 버리자
사랑 그게 무어라고.

사랑은

너무 두려워하지 마세요
사랑은 넘쳐도
흘러내리지 않습니다

뜨거운 사랑에
화상을 입은 사람도 없습니다
온도를 조금 더 올리셔도 괜찮습니다

사랑은 원래 아주 작지만
당신의 사랑을 더 하면
한없이 커지는 특징이 있습니다

사랑의 깊이를 아는 사람은 없지만
그래도 사람들은
그 사랑에 빠지고 싶어 합니다

사랑은 우표를 붙이지 않아도
어디든지 배달이 가능 하며
비용을 지불 하실 필요도 없습니다

그리고 사랑은
유통기한도 유효기간도 없으며
로켓배송이 가능합니다.

사랑하지 마십시오

사랑하지 마십시오
하나뿐인 목숨으로,
아름답다고
향기롭다고
함부로 사랑하지 마십시오.

아가페적인 무조건의 사랑
희생뿐인 순종적인 사랑
망부석처럼 기다리기만 하는 사랑
이 모든 게 헌신적인 사랑이라 말하지만
진정한 사랑은 아닐 수도 있습니다.

꽃잎들의 유혹에 취해
꿈속 같은 환상에 비틀거리며
섣불리 사랑하지 마십시오.

다만 하나뿐인 목숨
그 목숨을 다 주어도
결코 아깝지 않을 때

그때
사랑하십시오,
그리고
남김없이 사랑하십시오.

삼강주막

자갈길 재 넘어 삼강리 주막
갈 곳 잃은 황포돛배
흔적뿐인 나루터
여태껏 강 건너지 못한 나그네는 없는가?

내성천(乃城川) 품에 안긴 산 그림자
흐르는 물결 속에 물장구치고
굽어 도는 금천(錦川), 낙동강에 흘러들어
남기고 떠난 것이 바람뿐일까?

타는 갈증으로 서성이던 목마름
그을음 가득한 주막집 부엌 벽에
빗금 되어 외상으로 남아있는데
사공의 뱃노래는 어디로 갔을까?

오백 년 기워입은 회화나무 옷자락
하루를 베개 삼은 먼 먼 날의 기억들
등불 밝히려는 청운의 선비는
아직도 숲속 길을 헤매이는데

주막집에 내려앉은 고단한 별빛
고요한 툇마루 처마 끝에 걸린달
배추전, 부추전, 도토리묵에
하루를 달래는 막걸리 한잔.

석류꽃

그리움이 생겼네
푸른 잎새 품속에서
못볼 것을 본 것처럼
살며시 숨었네,

기다림에 설레었네
외로움을 참았네
휘어진 나뭇가지
그 끝에 앉아서,

가야 한다 하면서도
갈 수가 없었네
소리 없이 이슬비가
찾아올 것 같아서,

얼굴이 빨개졌네
내 마음을 들켜서
고개를 숙였네
아무것도 모르는 척.

성찰

다듬어지지 않은 인생
타일러 가며 살아온 삶
이력서에 아직도
남아있는 여백을 채우려
덜컹거리는 길로
빈 수레를 끌고 돌아온 쉼터,

내 나이도 한참을
생각해야 하는 내 나이
인내와 시련도
용서받지 못한 여정
남긴 것은 무엇이고
남길 것은 무엇인가?

어떻게 살았냐고 에둘러 물어보면
어느 이력서를 펼쳐보고
밥 통속의 밥보다
따뜻하게 살았다고
말할 수 있을까?

거울 속에 시름으로 주름진
중 늙은이의 한숨 섞인
독백들만 반추되고
내일을 충전할 시간인데
지친 시계는 0시 5분 전.

선 풍 기

내가 바람을 피우는 것은
당신 때문이어요
서늘한 바람을 잉태하려
긴 긴 겨울밤
애꿎은 입술만 깨물며
기다림에 지쳐 있었어요.

바람을 피운다고,
손 가락질 하거나
흉보는 일은 하지 말아주어요
무섭고 사나운 꿈을 꾸며
두려움에 떨어야 했어요.

난 외로웠어요
꽃 피는 봄이 다 가도록
오롯이 홀로 견디며
그리움에 몸서리쳤어요
내가 바람피우는 것은
모두가 당신 때문이어요.

세월

조용히 나에게 다가왔었다
어느 날 문득 돌아다보니
상실의 저 소용돌이 속으로
조용히 떠나가고 있었다.

가난한 숟가락
배고픈 젓가락
아직도 뜯어보지 못한 편지와
꼬깃꼬깃 접혀진
삶의 끄트머리에
동그마니 앉아있는 미련,

벽장 속 다락방에서 풍기는
케케묵은 고린내 같은
껍질뿐인 인생
허공을 찌르는 삿대질과
빈 주먹을 두드리는
회한의 그림자,

까마득히 멀어지는
달력의 숫자 위를 뒤뚱거리며
망각의 저 시간 속으로
소리 없이 걸어가는
그 어느 누구도
이겨보지 못한 세월.

수박이 익던 날

소낙비에 놀란 흙먼지들이
원두막 앞으로 마구 내 달리던 날
덩그러니 알몸 드러낸 수박들은
빨갛게 속을 태워야만 했었다.

지난밤, 숨죽인 서리꾼 발소리에
잔뜩 긴장한 수박들은
가슴을 쓸어내리며
고스란히 두려움을 견뎌내야 했고

새파랗게 질린 얼굴로
애타게 원두막을 바라보며
길게 길게
검은 눈물을 흘려야 했던 시간,

등짝을 두드리는 소낙비에
지레 겁먹은 수박들은
두려운 지난밤 기억으로
돌아눕지도 못한 채,

마구 내 달리는 흙먼지의
달음박질 소리를
곁눈질로 흘끔거리며
빨갛게 속을 태워야만 했었다.

수선화

너를 잊지 못한 기억으로
기다리는 하루,

붉어진 눈시울에 감춰진 목소리
네온사인 불빛
깜빡이며 흩어지던 등 뒤로
접어두었던 뒷모습

그립다는 말로는
그리움을 보낼 수 없어
이슬비 소리 없이 내리던 날
몰래 쏟아버린 눈물,

아무 말도 하지 못했던
그 밤 너무 길어
그리움의 무게 너무 무거워
약속 없는 기다림에 고개 숙이고

너를 잊지 못한 기억으로
기다리는 고독한 하루.

숟가락

오늘도 외로운 숟가락
닳아서
누룽지를 긁을 때까지도
짝을 찾지 못하고
언제나
짝을 지어 함께 사는
젓가락을 바라보며
부러워하지만

짝이 없다고
투정 부리지 않았고
태어나던 그 순간부터
홀로 살아야 한다는
운명을
멍에처럼 안고 살아왔으니
그냥
밥이나 한술 뜨고 가자
무심한 척 살다 가자.

아름다운 꽃

봄이 왔다고
꽃이 피는 것이 아니다.
꽃이 피었다고
봄이 오는 것이 아니다.

봄을 기다린 새들은
쉰목소리로 아침을 열고
산골짜기 흰 눈들은
너를 위해 기꺼이
눈물을 만들어 주었다

아름다운 것만 생각하고
아름다운 것만 보고
아름다운 소리만 들어라.

많이 웃지도 말고
헤픈 속내도 드러내지 말아라.
그저 못 본 척 그저 안 본 척
그저 무심한척해라
그렇게 해야 아름다운 꽃이 된다.

우리의 할머니도
우리의 어머니도
우리의 누이들도
그렇게 아름다운 꽃이 되었다.

아름답게 늙어 간다는 것

가끔씩은
욕심을 덜어내는 것

언제나 빈 공간을
여유로 보아주는 것

지나간 슬픔은
조금씩 잊어버리는 것

매일 매일
조금씩 너그러워지는 것

때로는
알아도 모르는 척해 주는 것

때때로
소리 없이 빙그레 웃어주는 것

한 번씩
아내의 거친 손을 슬쩍 잡아주는 것.

아버지와 아들

아들은
검은 머리 흰색으로 염색하고
아버지는
흰머리 검은색으로 염색하고

아들은
빨리 어른 되려 하고
아버지는
어린 시절 다시 그리워하고

아들은
급하다며 택시 타고
아버지는
아무리 급해도 지하철

아들은
양주 마시며 친구 만나고
아버지는 홀로
포장마차 닭똥집에 소주 1병.

아버지의 면허증

직진으로 갈 때는
고삐 풀고 '이랴 이랴'
좌회전을 할 때는
'워 더 더뎌' '워 더 더뎌'

우회전을 할 때는
'워이워이' '워이워이'
정지할 땐 고삐 잡고
줄 당기며 '워워 워워'

막걸리 한 사발에
신김치 한 조각
사래 긴 그 논밭을
맨발로 쟁기질

밀짚모자 눌러쓴 채
채찍질로 '이랴 낄낄'
해지고 어두운 길
전조등도 없었다.

아이스크림에게

녹으면 안 돼
유혹의 덫에 걸려
녹아버리면 안 돼
널 사랑한다고,
죽도록 사랑한다고 해도
절대 녹아들면 안 돼

사랑하면
뜨거워지는 거야
그 사랑에 녹아버려
까딱하면
눈물만 흘려야 해
그러면 안 돼

사탕발림 같은
달콤한 속삭임에 속지 말고
어금니를 깨물고라도
악착같이 참고 또 참으며
절대로 녹아들면 안 돼
무조건 녹으면 안 돼

알았지?.

안개도시

속절없는 세월
비겁한 하루들
검은 장미는
마음을 열지 않겠지,

안개비로 젖어 드는
초점 잃은 눈동자
욕심으로 버무려진
세상을 바라보며
외눈박이 가로등
등 굽은 허리로
길 위에 잃어버린
슬픈 노래를 찾는가,

콘크리트 벽에 허물어지는
회색빛 숨소리
못내 아쉬운 흐린 날의 그림자

화려한 도시의 뒷골목
흔들리는 불빛 속에
흘러넘친 술 냄새로
취해버린 안개여!

산산이 가루 지어 부서지는 날
세월 무겁지 않게
세상 아프지 않게
떠난 자리 흔적 남지 않게.

어머니의 강

얼마나 그리운 고향일까?
하루 종일 보행 수레에
빈 손가방 하나 싣고
뱅글뱅글 제자리를 돌면서
집으로 가는 완행버스를 기다리고

알 수 없는 이야기로 가득 채워진
검은 비닐봉지 속에
작은 쪽지 한 장 넣어놓고
종일토록 자식들의 전화를 받으시며

기억의 강에서 건져 올린
자투리 추억하나
마당 옆 한켠에 펼쳐놓고
겨울 햇살에 널어 말리며
아픈 세월을 꿰매고

미끼도 없는 낚싯줄로
막내아들 이름을 낚아 올려
흙먼지를 닦아내고
맑은 하늘에서
갑작스레 내리는 소낙비로
비닐우산을 쓰고 모내기를 하신다

빨간 신호등에 걸린
어머님의 발걸음은
나룻배도 떠나버린
돌아올 수 없는
기억의 강을 바라보며
붉은 노을을 기어이
까만색으로 채워가고 계신다

아! 어머니!
어찌하여 이렇게도 자꾸만
다시는 오지 못할 그 강을
서둘러 건너려고 하시는 건가요?

어머니의 기도

등잔불 호롱에
기름이 남아 있을까?
그을음 가득한 불꽃
긴 밤을 새우기엔
아직 아껴야 할 말들이
휘적거리며 겨울을 덮는다,

포근해야 할
목화솜 이불속으로
문풍지를 울리던
바람이 숨어들고

천방지축 날뛰며
마당을 빙빙 돌던 가랑잎이
언 손을 비비며
닫아놓은 사립문 앞에서
태풍의 공포를
간신히 참아내던

찬바람 매몰찬 아침
새벽어둠 장독대 위
얼어있는 정한 수 그릇 앞에서
어머니는 두 손 모으고

아직도 눈뜨지 못한
침묵의 아침을 깨우고 있었다
아직도 길을 찾지 못한
영혼들에게 기도를 하고 있었다

노여움 거두시고
노여움 거두시고 .....

어리석은 지구

하얀 밤 검은 별
어리석은 지구는
스스로 등 돌려 어둠에 잠기고
기침 소리에 놀란
꼬리 감춘 별똥별
그림자 속에 제 몸을 숨긴다,

동토의 땅에는
얼어붙은 민들레
살얼음 빙판에서 연출하는
영혼 없는
발레리나의 퍼포먼스에
멈추어 버린 환호성,

올가미에 걸린
짐승들의 몸부림에
풀뿌리는 짓밟혀 뭉개지고
사슴들의 슬픈 눈빛은
애타게 여명을 기다린다,
오! 지구여 다시 돌아누워다오.
2020. 4. 15.

언제나 낯선 길

옷깃을 낚아채는 커피 향의 수다에
덤벙대는 겨울바람이 길을 잃는다.

김이 나는 아메리카노 커피의
흘깃거리는 재촉에
빈 지게에 실린 어리석음이
잔뜩 웅크리고 뒤돌아 앉을 때

전설처럼 흔들리며
길게 늘어진 불빛 아래

건드리면 부서질 것 같은
어설픈 모자이크 조각처럼
삶의 궤적도 맞추지 못한
어제 같은 오늘을 엎어놓고,

거스름도 없는 나이를 채워 넣은
꼬깃꼬깃 구겨진 시간 속에
답안지 없는 문제집을 펼치며
언제나 낯선 길로 나서는 하루.

얼러와! 대군 첨이제?

호적에 잉크도 마르지 않은
열세 살의 떠꺼머리
촌놈에게
대구라는 도시는 경이로웠다,

쉼 없이 달리는 자동차와
닥지닥지 붙어있는 건물들
풍경도 언어도
내가 보고 듣던 것이 아니었다,

'수굼포'
아무리 찾아도 없었다
잘못들은 줄 알았다
눈에 띄는 소금 포대를 가져왔다,

'언지언지 그기 아이고'
다시 가 보았지만
'수굼포'는 없었다
빈손으로 그냥 돌아왔다,

바로 호통이 날라왔다
"니 숭막이가 얼라가?"
직접 가신 사장님 삽을 갖고 오셨다
"니 대그빡 돌삐 드럿나?"

'언지예' (이 말은 어제 아래 배웠다)
억울해서 한마디 했다
"그건 수굼포가 아이고 삭까래 잔니껴?"
?! ?! ?!
"쫌 매매해라 머 그키 티미하노"
'.......'
'.......'

얼음 여인

거짓을 덮은 그대
웃음 띤 모습 보이지 마라
감춘다는 것은
처음부터 허락되지 않았다.

속살 훤히 비치는
시치미를 가득 담아놓고
미끈거리는 손짓으로 부르는
어리석은 진실은
숨겨도 숨겨도
숨겨지지 않는 것이었다.

눈물 한 방울도
흘려본 적 없는 냉정함
부스러진 입술에 스쳐 가는
벌거벗은 바람,

묻어두고 싶은 외면의 부스러기
숨기지 못해 버린 인연
감추지 못한 흔적들,

남김없이 찾아내어
매몰지고 차가운 이별에 묶어
인기척 없는 겨울 강가에
기어이 기어이
다시 심어주리라.

열대야(熱帶夜)

풀무질로 벌겋게 달구어
소낙비에 담금질하는
뻔뻔한 찜통더위로
밤을 잊은 열대야(熱帶夜)

벌거벗었던 무더위
움직임 없는 흔들림에
그믐달 미련 없이
풀어헤친 가슴을 감추는데

불시착한 가을에게
끝내 거절당한 고백으로
포승줄에 묶인 눈치 없는 여름
서둘러 준비한 파발마 앞에서

모스 부호처럼
알 수 없는 신호음을
보내기 시작한 귀뚜라미 소리에
다시 덧나버린 고약한 가슴앓이.

영혼들의 겨울

눈물 한 방울도 남지 않은
차가운 촛불이
떠나간 수많은 영혼의
발자국 소리를 듣는다,

일그러진 창문 틈 사이에서
님은 아직도
비프음의 하모니카를 불고 있고,

앙상한 나뭇가지 끝에서
휘청이던 겨울바람이
초인종을 누른다,

차가운 소주 한 잔을 비우고
서둘러 길을 나서는
영혼들의 안식처,
나의 외투가 또 한 겹
두터워진다.

욕

눈금 없는 저울 위에
얹어둔 심장 소리는
움직이지 않은 지 오래다,

붉은 피 뛰놀던 심장이
갑자기 얼어붙어 버린
내 피는
파란색일 것이다.

검은 목도리를 두르고
검은 소리로 울부짖는
까마귀의 악다구니 고함소리,

칭찬과 욕설도 구분하지 못하는
멍텅구리의
꼬꾸라진 자존심
접 질러진 혼란스러움

중심 잃은 저울추처럼
곤두박질하는 존재의 무게
귀를 씻고 다시
저울 위에 얹어본 한마디,

"밥통 같은 놈"

욕심

눈도 없는 것이
코도 없는 것이
이 세상 모든 것을
다 가지고 싶어 하고

입도 없는 것이
귀도 없는 것이
절대로 죽지 않고
살 수 있다 생각하며

담아도 담아도
채워진 줄 모르고
넘치고 넘쳐도
넘치는 줄 모르고

배가 터지고
옆구리가 터져도
더 빨리 더 많이
더 크게 더 오래.

우후죽순(雨後竹筍)

어서 저 하늘에게 전해야 한다.
밤마다 속을 후벼파는 절규
텅 빈 배고픔으로
죽은 척하는 댓잎들의 거짓말

휘적휘적 내리는 비
빗속에 들이키는 침묵
지조와 절개를 지키려는
푸른 절망이 서걱거리는 언덕

맛없는 세월에 조미료만 잔뜩 넣은
이 비굴한 청춘의 푸른 껍데기
눈을 감고 제자리만 맴돌며
시치미를 뚝 떼어버리는 댓바람

더 늦기 전에
저 높은 하늘에게 말해야 한다
속은 것만 가득한 험한 세상
하늘은 맑은데 비만 내린다고.

울 아부지 새참

삶은 감자 다섯 개
.

.

소금 한 종지
.

.

신 김치 한 종발
.

.

막걸리 한 사발
.

.

찬물 한 주전자.

울보 매미

집 떠나면 서럽지
집 떠나면 괴롭지

울어라 울어라
속이 시원해질 때까지
소리라도 질러라
이 여름이 끝날 때까지

타향이란 원래 그런 곳이다
가슴은 찢어져도 정주는 사람 없고
서러운 맘 쉬어갈 셋방 한 칸 없는 곳,

아메리카노 커피보다
미숫가루 한 그릇
핫도그, 돈가스, 햄버거보다
밀가루 풀어 넣은 호박죽이 그립지

울어라 울어라
고향 산천 그리워 너 울지만
너 그리워 고향 땅 친구들도 운다더라

그래그래
집 떠나면 외롭지
집 떠나면 힘들지.

웃는 놈들

서당 앞 담벼락에
개나리가 웃고 있다
훈장님 표 회초리에
나란히 앉아서,

해맑게 웃는 놈
활짝 웃는 놈
파안대소 웃는 놈
간드러지게 웃는 놈

빙그레 웃는 놈
싱긋이 웃는 놈
빙긋이 웃는 놈
부끄러워 웃는 놈

째려보며 웃는 놈
눈으로만 웃는 놈
억지로 웃는 놈
숨어서 웃는 놈

남이 웃으니까 웃는 놈
우습지도 않은데 웃는 놈
웃지도 울지도 못하는 놈
배꼽이 빠져도 웃는 놈.

유령도시

남포동의 밤이
유령도시로 변하였다,
휑하니
을씨년스러운 겨울바람만
거리를 떠돌아다니고

간신히 어둠 속을 탈출한
가랑잎 하나가
아무도 없는 횡단보도를
두리번거리며
쏜살같이 건너고 있다,

코로나 공포에 휩싸인 밤,
우연히 마주한 쇼윈도에
목 잘린 얼굴 마네킹이
마스크 없는 겁먹은 모습으로
나란히 얹혀있는 가발상점,

초점 잃은 두 눈을 희번덕거리며
음흉하고 기괴한 소리로
등 뒤에서 무엇이
와락 달려들 것만 같은

화려한 불빛 사라진

남포동은 지금

비릿한 자갈치 냄새마저

코끝에서 길을 묻지 않는다.

2021. 1. 1.

유리 벽

기다림은 익어가도
사랑이 익어가는 시간을 몰라
하얀 밤
까맣게 태워버린 마음

타는 목마름으로
바삭바삭 부서지는 심장
아슬아슬 닿지 않는
딱 그만큼의 우리 거리

닿을 듯 닿을 듯
그러나
손을 뻗어보아도
닿지 않는 마음

어제가 오늘을 속이고
오늘은 내일을 감추고
방황 속에 망설이다
전하지 못한 약속

목소리도 들리고
네 모습도 보이는데
너와 나를 가로막은
까만 유리 벽.

유턴

돌아갈 곳이 있다는 건
얼마나 다행스러운 일인가?
낯선 길에서
지나쳐버린 좌회전

살벌한 자동차의 굉음
직진으로만 달릴 수 있는
신성불가침의 황색 선에
빵빵거리는 경적소리

유채 이탈의 몽롱함에
땀방울 맺히는 이마
머릿속에는
유턴 표지판만 아른거린다.

비가 오면 비를 맞고
바람이 불면 바람 부는 대로
앞만 보고 걷다가
지나쳐 버린 인생길
유턴을 하고 싶어도 표지판이 없다.

이슬비

꽃잎에 잠시 앉았다 갑니다
행복했습니다
하고 싶은 말이 있었는데
그냥 또르르
떠나고 있습니다

방랑의 길은 멀고 만남은 짧아
하고픈 말 한마디 남기지 못하고
인사도 없이 살그머니
떠나고 있습니다

바람에게도
햇살에게도 말하지 마세요
내 마음 가득히
사랑으로 채워지면
오늘처럼 소리 없이
다시 찾아올게요

기다려 주세요
아직은 마음의 준비가
다 되지 않았어요.

일기예보처럼

일기예보처럼
매일매일 당신 마음을
좀 알려주면 좋겠다.

오늘은 사랑하는 온도가
몇 도에서 시작되며
체감 온도는 몇 도나 되는지

불규칙한 고기압에
소나기가 쏟아지는 건 아닌지
밤에도 식지 않는 열대야는 아닌지
미세먼지 농도는 얼마나 되며
당신과의 가시거리는
짙은 안개로 충돌 위험이 없는지

저기압으로
하루종일 비가 내린다거나
감당못할 태풍이 분다거나
덥고 습한 공기가 갑자기 밀려와
숨이 막히는 건 아닌지
마음 물결은 파고가 얼마인지

일기예보처럼
매일매일 당신 마음을
좀 알려주면 좋겠다.

잊을 수 없는 눈물

어머니는 그렇게 말씀하셨다.
밥을 할 때는
쌀을 일궈
돌과 뉘를 골라내야 된다고,

일을 할 때는
쉬어가며 해도 되지만
씨앗을 심을 때는
시기를 놓치면 안 된다고,

어머니는 그러셨다.
얻어먹는 것은
죄가 아니어도
훔쳐먹는 것은 죄가 된다고,

배움에는 때가 있고
학문에는 끝이 없다
그러나 이어주지 못해 미안하다
그러면서 어머니는 눈물을 훔치셨다.

그렇게 완행버스를 탔다
열세 살 울먹이는 손안에
보리쌀 두되 값이 쥐어져 있었다
자욱한 흙먼지가 눈물을 삼켰다.

자갈치 꼼장어

바다내음 가득한 포장마차
알몸 드러낸 꼼장어
당황한 몸부림도 본체만체
시선을 피하는 자갈치 아지매

연탄불 조명에 피어나는 안개
반짝이는 은박지 무대 위로
등장하는 양념 고추장소스에
올 누드로 뛰어드는 꼼장어

투박하게 자른 대파와
채 썬 양파속에
자꾸만 얼굴 디밀어 넣고
감추지 못한 꼬리만 꼬물꼬물

마음 급한 나무젓가락
채 익지도 않은 꼼장어 집어 들고
서둘러 술잔 부딪치며 외치는 건배사
먹자 웃자 즐기자, 자! 자! 자!.

장모님

가시개로
조우 쪼가리를 자르시던 장모님
난데없이 씻대를 찾으셨다
걸그치는 것이 많은
빼다지 기티를 디지서
지우 찾은 씻대,
'우짜까요?'
'인도!'

정구지 찌짐 식었다고
'낸지에 데파온나'
매분 꼬치가 쪼매 들었다고
'단디 묵고 씨처나라'
박상 한 바가지 내주시며
'매매 묵고 맬가이 행가나라'

커피가 뜨겁다고
'지달리가 시카무라'
물이 뜨거우면
'찬물캉 쓰까 무라'
헐빈해도 혼차 먹지 말고
'쪼매꿈 농갈라 무라'

수박 한디 꺼내 오시며
'고리고리 나나 무라'
콩국에 얼음 동동 띠아 주시며
'찬차이 노카 무라'
함께 드시기를 기다리면
'오이야 오이야 먼지 무라'

장맛비

한껏
게으른 구름이
투정을 부리는 하루

주전자에 담긴
막걸리 냄새와
지글거리며 몸부림치는
파전의 아우성에

먼 하늘을 돌아오는
헛기침

벌름거리는 코앞에서
서성이는 시계가
잠시 일상을 멈출
핑계를 찾는데

산을 넘지 못한 구름
마음을 다스리지 못하고
유혹을 이기지 못한 술잔
말없이 주전자를 기웃거린다.

전기밥솥

하루 종일 놀다가
예약 시간 되니까
겨우 꼼지락꼼지락
취사를 한답시고
피리릭 치릭치릭

백미, 영양밥, 검은 콩밥
만능 찜, 누룽지, 김초밥
세상 필요한 요리는
다할 수 있는 것처럼 떠들고

시간을 확인해라
보온을 못 하겠다
손잡이 확인해라
물받이 확인해라

맛있는 밥
지가 다 했다더니
밥은 나보고 잘 저으라 하고
이거 해라, 저거 해라
지는 가만히 앉아서 말로만 하고

참다 참다 신경질 나서
오늘 한마디 해버렸다
'고마해라, 밥도 못 젓는기….'

지키지 못한 약속

어머니!
꼭 다시 건강한 모습으로
고향 집에 모시겠다는
그 약속을 지키지 못했습니다.

요양병원 모시던 날
"그곳은 싫다" "그곳은 가기 싫다"
초점 잃은 시선으로 하시던 말씀
알면서도 모른 채 얼버무리며
서둘러 덮어둔 그 약속

코로나에 막혀 면회마저 못 한 채
애태우던 삼 년 세월
임종마저 지켜드리지 못한
야속한 불효자가 되었습니다.

입버릇처럼
"자는 잠에 가고 싶다" 외이시던
그 말씀 귓가에 맴돌면서
자꾸만 눈물샘을 건드리고

지키지 못한 그 약속
가슴에 묻을 삭지 않는 괴로움
너무 커 너무 깊어
어디에 몰래 숨길 곳도 없습니다

눈물이 삶이어도
그 눈물마저 아까워
남몰래 감추고 살아오신 어머니!
다시 못 볼 그 모습 찾아
넋 놓은 통곡만 하늘로 갑니다.
                    2022. 3. 7.

절벽

위풍당당한 고독
교만함을 감춘 발톱은
시치미를 뚝 떼고
절벽에 막힌 강물은
더 낮은 곳을 찾아
아우성을 치고 있다,

그 절벽의 발끝에서
풀잎들은 제풀에 스러져
얼어버린 한줌 햇살로
언 몸을 녹이고
분노한 바람은
절벽을 거세게 흔든다,

소리 없는 통곡에
잿빛 하늘은 낮아지고
포승줄에 묶여버린 오열
낭떠러지에 멈춘 눈물들
매몰차게 막아선 저 無言의
귀먹은 절벽이여!

짝사랑

겨울바람은
헤어지는 연습을 위하여
봄을 기다리는지도 모르겠다,

짝사랑
아무래도 네 마음은
더 이상 데워지지 않을 모양이다,

초콜릿처럼 달콤한 환상
그러나 쓰디쓴 맛
이것이 너의 마음이었나보다,

안아 줄 수 없는 너의 마음
다가설 수 없는 너의 존재
無言의 성벽에 가로막힌 너를 보내며

아! 이제는 술잔을 비워야 할 때
내 기억에 남은 가슴앓이를 닦아내며
마지막 술잔을 비워야 할 때.

짝퉁

짝퉁이 가짜에게 물었다
'너 가짜지?'
"글쎄"

짝퉁이 진짜에게 물었다
'너 진짜 아니지?'
"글쎄"

가짜가 짝퉁에게 물었다
"너 진짜하고 놀았지?"
"글쎄"

진짜가 짝퉁에게 물었다
"너 가짜랑 사귀었지?"
"글쎄"

진짜가 가짜에게 물었다
"너 진짜 가짜지?"
"ㅋ.ㅋ.ㅋ."

착각

아주 쉽지는 않지만
가장 어렵다고 생각하는 것
공부

가장 어려울 것 같은데
제일 쉽다고 생각하는 것
사랑

가장 못생긴 꽃은 아닌데
제일 비교당하기 싫어지는 꽃
호박꽃

제일 새겨들어야 할 소리인데
가장 하찮은 소리로 듣는 소리
잔소리

제일 무서운 사람인데
무서운 줄 모르고 함께 사는 사람
마누라.

착각하지 마라

착각하지 마라
청춘은 보낸 것이 아니고
흘러간 것이더라

아름다움보다는
아쉬움이 더 많은 게 청춘이고
지나간 것이 세월이 아니라
지나쳐버린 것이 세월이더라

환호성은 터뜨리는 것이지만
비명은 지르는 것
2등이 있어야 1등도 있고
은메달이 있어야 월계관도 빛난다,

오래 머무는 것만이
추억이 되는 것도 아니며
가시가 돋친 말 한마디 푸는 것도
일생이 걸릴 때가 있더라

남이 가진 것은 부럽고
내가 가진 것은 언제나 부족해도
절대 착각하지 마라
마지막은 어김없이 빈손이더라.

참외

참
지독하게도 궁색한 살림살이,

무지개 닮은
일곱 색은 아닐지라도
일평생을
노란 원피스 한 벌로밖에
살아갈 수 없었던,

비루한 가난에도
수많은 사랑의 이야기를
한 아름 잉태시켜

햇볕 뜨거운 어느 여름날
부끄러움 가득한 두려움으로
시작한 타향살이,

도시의 골목길 소쿠리 속에
옹기종기 모여앉아

가난했지만 행복하였던
고향을 그리며
달콤한 향수에 젖어있는
노란 참외.

책갈피

하늘과 구름과 바람이
시인의 눈빛으로
잠시 만났다 헤어지며
마음을 흔들고 지나간 자리

만나지 못한
사랑과 이별과 아픔들이
시인의 속살들로
기다리며 남아있는 자리,

탈곡기에서
떨어져 나가는 낟알처럼
후루룩 흩어지는 글자들
재빨리 주워 담아
가지런히 다시 줄 세우고

뒤뚱거리는 햇살에
소용돌이 흙탕물
말갛게 가라앉으면
남아있는 글자를 씻어
다시 만나자는 약속,

다 태우지 못하여
다 채우지 못하여
시인의 가슴속 한쪽에
살며시 꽂아놓은 책갈피.

처방전

아파요
어디가 어떻게 아픈지도 알 수 없이
아파요,

소화제를 먹어보고
파스를 붙여보고
연고를 발라 봐도 소용없어요

밤새
끙끙 앓았어요
열이 오르거나 그러지는 않았어요

속이 울렁거리고
아무것도 보이지 않고
구름 속을 걷는 느낌이에요

견딜 수가 없어
처방전을 받아왔어요
사랑, 평생 한 알, 그게 전부예요.

그 약
한 알
구해 주실 수 있을까요?

처음 피는 꽃

꽃이
꽃잎을 펼치는 것은
이름 불러줄 사람을
보고 싶어 하기 때문이란다,

꽃이
흔들리는 것은
애타는 마음을
멀리 보내고 싶어서란다,

꽃이
떠나지 못하는 것은
몰래 찾아와줄
사랑을 기다리는 것이란다,

꽃이
말이 없는 것은
가슴에 남아있는
그리움이 쏟아질 것 같아서란다,

꽃이
소리 없이 지는 것은
수줍게 웃고 있어도
예쁘다고 말해주지 않아서란다.

촛불

미움도
원망도
속절없이 태우리라
안으로 안으로만
담아둔 뜨거운 눈물
싸늘하게 식어가며
창문을 울리는
바람 소리

서러움 가득한
외로움을 태우고도
닦아낼 생각조차
차마 잊어버린
홀로 우는 하얀 밤
눈물부터 배워버린 불꽃
설핏 스쳐 가는 바람에도
흔들리는 그림자

슬픈 언약일랑 하지 마오
이 눈물 다 흘러도
마음속에
꺼지지 않는 불꽃으로 남아
아침을 기다릴 것이외다
그대를 기다릴 것이외다
간절한 기도로.

추억의 소리들

"재첩국 사이소오 재첩국"
어슴푸레 도시의 아침을 깨우던 소리

"딸랑딸랑 딸랑딸랑"
연탄재 청소차의 요란한 타종 소리

"오라잇!"
만원(滿員) 버스를 움직이는 차장의 한마디

"아이스 케이끼이~, 어름 과자아~"
여름을 녹이는 차갑고도 긴소리

밤의 적막을 뚫고 들려오던
야경꾼의 날카로운 호루라기 소리

 고요한 밤, 하소연하듯 애원하듯 들리던
"찹쌀 떠억~ 메밀 무욱~"

언제부터인가 지친 기억들만 남기고
도시의 길모퉁이를 돌아
야금야금
추억 속으로 사라진 소리들.

친구

아무 때나 찾아가도
그저 말없이 마주 앉아
이야기 들어주며
이따금씩
대꾸 한마디 해 주고

잔 비워지면
술 채워주며
쓰잘데기 없는
넋두리 주워 담아
'위하여' 소리쳐 주고

슬금슬금 취해가면
이름보다 별명을 부르고
쓰일 말은 없어도
네 말이 옳다 옳아
맞장구쳐 주고

그러다가
연락 뜸하다 싶을 때쯤
말 한마디 없이
먼저 간다는 문자도 하나 없이
슬그머니 못 올 길 가버리는 존재.

칼국수

보리밭에 독 새 뽑고
콩밭에 지심 매고
호미질로 아픈 팔
한숨으로 주무르며
땀 젖은 머릿수건
벗어놓을 사이도 없이

땅거미 지는 마당
멍석 위 안반에서
홍두깨가 한 번씩
구르기를 할 때마다
어머니의 조바심이
한없이 넓어지고

차곡차곡 접힌 채
칼질의 춤사위로
희미한 달빛 아래
천 갈래, 만 갈래
흩어지며 주저앉던
어머니의 속앓이

가마솥 안에서 부글부글 끓던 속
그릇 속에 나란히 똬리를 틀면
풋고추 다져 넣은 간장 한 숟가락에
달빛 어린 저녁을 삼키던 칼국수.

타인들

이정표 없는 사막에서
길을 잃은 두려움보다
타는 갈증으로
한 모금의 물을 찾지만
서로가 못 본 척
나만의 길을 가고 있을 뿐,

붉게 물드는 사막의
모래언덕을 바라보는
어린 낙타처럼 우리는
애써 모든 것을 외면하며
낯선 외로움을 견디려 한다.

돌아보면 늘 그 자리,
손끝에 닿을 것 같은
우리들의 마음은
오늘도 먼 곳을 빙빙 돌고
아직도 전하지 못한 이야기만
내 입안에서 맴도는
우리는 언제나 타인.

태풍 너를 고발한다

그 뜨거운 여름날에도
덥다는 소리 한마디 없이
지켜낸 과수원
하룻밤에 쑥대밭으로 만든
태풍, 너를 고발하노라.

혹여 눈총이라도 받을까
고깔모자 눌러쓰고
잎새 뒤에 몰래 숨어
재채기도 참으며 견뎌왔는데

심술 가득한 못된 버르장머리로
멋대로 과수원을 무단 침입하여
생명을 잇고 있는 탯줄을
몽땅 잘라놓은 죄와

가을 농심을 짓밟아 놓고
일말의 뉘우침도 없이
도망치듯 사라진 태풍
너를
뺑소니 혐의로 고발하노라.

풍경소리

뎅그렁뎅그렁
몇 번씩이나 울려보고 나서야
마루 위로 내려오는
정갈한 비움

처마 끝에
용케도 숨겨둔 고운 속살
가슴 아린
속세의 인연 벗어던진 해탈,

합장한 두 손에
가득 담은 풍경소리
백팔번뇌 용서 빌어
어둠 속에 방생하고

뎅그렁뎅그렁
남은 소리 남김없이
옷깃을 스쳐 가며
유혹의 먼지를 닦아내는 풍경소리.

하루살이의 꿈

단 하루를 살아도
춤을 추는 아름다운 날들을
만들고 싶었다
나에게 주어진 만큼은
아름다운 기억으로
채우고 싶었다.

하루를 살아도
꿈을 접을 수는 없었다.
이른 아침부터
거미줄을 붙잡고
열정을 뿜어내는 춤사위,

밤을 새워 달려와
응원가를 부르는
아침이슬을 위해서라도
더 완벽한, 더 아름다운
하루를 만들고 싶었다,

아! 그러나
탐욕을 앞세운 거미의
흉측스러운 이빨이
빛의 속도로 달려오고
흩어지는 이슬들의 고함,
순식간에 모든 꿈이 끝났다.

한 번만 더

끊어야지
한 대만 더 피우고
끊어야지
한 번만 더 피우고

이번만 피우고
정말로 끊어야지
한 모금만 더 피우고
진짜로 끊어야지

냄새를 못 잊어
기어이 한 번 더
연기가 그리워
또다시 한 번 더

이별이 아쉬워
마지막 한 번 더
금연(禁煙)을 외치면서
아직도 한 번만 더.

행복 시계

흘러가는 세월에
누군가
따뜻한 커피와
나지막한 아침 인사 한마디
해주는 사람이 있다는 건
참
행복한 일인 것 같습니다,

변해가는 세상에
사랑으로
기다림을 채우며 익어가는
아침을 맞을 수 있다는 건
참
기분 좋은 일인 것 같습니다,

인적없는 인생길에
생각만 해도
미소가 번지는 사람을 떠올리며
하루를 보낼 수 있다는 건
참
즐거운 일인 것 같습니다.

행복한 소리

'동당 동당 동당 동당'
먼 기억 속 아련한
어머니의 다듬이질
방망이 소리,

'톡탁톡탁 톡톡톡톡'
주방에서
아침밥 준비하는
아내의 도마질 소리,

'달그락달그락'
싱크대 앞에서
그릇 씻고 있는
아내의 설거지 소리,

'까톡 까톡'
아침 인사 신고서
시집간 딸에게서
문자 오는 소리.

향기

하얀색 봉투에는
찔레꽃 향기를 담았습니다
빨간 봉투에는
장미꽃 향기를 담았습니다

검은색 봉투에는
나의 향기를 담았습니다
당신에게 내 맘 들킬까 봐
보이지 않는 곳에 담았습니다

비밀번호를 몰라
그냥 문고리에 걸어두고 갑니다
마주치면 부끄러워
얼굴 빨개질까 봐 그냥 갑니다

아카시아 향기와
라일락 향기와
해당화, 라벤더 향기도
준비해 두었구요

9월이 오면
들국화 맑은 향기 가득히 담아
오늘처럼 손잡이에 살짝
걸어두고 가겠습니다.

향기로운 땀

아버지의 바지 끝자락에선
언제나 흙탕물 가득한
논물 냄새가 났지,

무명 적삼
시금한 땀 냄새가
마당을 가로질러
우물을 향해 저벅거리면

밀짚모자와 흰 고무신에 묻은
소똥 냄새가 함께 따라갔지,

봄은 그렇게
아버지의 땀으로 시작되었고
가을이 저물 때쯤
비틀거리는 막걸리 뒤로
시금한 땀 냄새가 숨었지,

무명 적삼에 얼룩져있던
아버지의 땀 냄새
지금에야 내 코끝에서
설핏설핏 스치는 향기.

홍시

왜 저리도 마음이 설레었을까?
언제부터인가
붉게 물들어가는 얼굴,

참아도 참아도
감출 수 없는
첫사랑 가시내의 속내처럼,

새색시 치마 끝자락에서
살핏살핏 내비치는
분홍 고무신 콧날처럼,

터질 듯 부푼 속살들이
끝내 가슴을 열고
파란 겨울을 녹이는 빨간 홍시.

회 한 접시

바다를 그리워한 죄로
유리 상자에 갇혀버린
약속 없는 기다림
흔들리는 눈빛들,

파도가 부르는 간절한 부름에도
돌아눕지 못하고
쟁반 위에 엎디어
마지막 기적을 바라며
헐떡이는 생의 가쁜 숨소리,

조각조각 잘라진 살점
부릅뜬 눈으로 부르짖는
선홍색 핏빛 외침은
갈기갈기 찢어진 흰 파도에
물거품 되어 부서지고,

붉은 심장에서 끄집어낸
빨간 초고추장 냄새
넘어지는 소주병 소리와
술잔을 들고 삼키는 군침 소리가
마지막 비명마저 삼켜버린다.

후회

툭툭 던져놓은 한마디 한마디가
시간을 거슬러 올라
입안 가득 텁텁하게 남겨진
삭히지 못한 떫은 감처럼
또 한 번 가슴에 모래성을 쌓는다.

방부제 없는 밀가루 반죽처럼
속상한 마음은
자꾸만 부풀어 오르며
늘어진 빨랫줄에 걸린
젖은 솜이불같이
아래로 아래로 주저앉고

비닐우산도 하나 없이
갑자기 쏟아진 소나기를 만나듯
주워 담지 못하고 얼버무린 말
어쩔 줄 몰라 허둥거리며
느슨하게 잠가놓은 자물쇠 앞에서
뒤늦게 찾는 후회의 열쇠.

희망을 주소서

거센 폭풍우에
별빛 사라진 밤
어두운 거리를
비추는 등불 같은
희망을 주소서!

눈보라 속에서
파란 입술로 변해가는
겨울바람을 위해
벽난로의 장작불 같은
희망을 주소서!

시련으로 사위어지는 꿈
절망으로 내달리는 하루
비바람에도 흔들리지 않고
흐린 날에도 빛이 되는
희망을 주소서!

망망대해 암흑 속에서
나침반도 잃어버린 채
거센 파도에 휩싸인 난파선에
한줄기 등댓불 같은
희망을 주소서!

새해 새날에는
이 땅 위의 모든 생명 들이
마음껏 숨 쉴 수 있도록
구속된 자유를 풀어헤칠
산소 같은 희망을 주시옵소서.

                                2022. 1. 1.